ユニヴェール16

最初ギリッと
ふたを開け

佐藤理江

デパートの雑貨売り場の真ん中に届きつづけるエスカレーター

目次

最初ギリッとふたを開け

無為無策

できあがり見本図の色汚くてパズルみるみるその様になる

茶簞笥のガラス戸の中埃なくまた秩序なく重なる茶碗

せんきょ

信号が赤のあいだも候補者の平らな顔でお楽しみください

日盛りのダッシュボードに張り付いた紙おしぼりに陽炎がたつ

候補者がポスター写真撮るときの笑いあふれる会話の記録

空っぽであると知らずに手渡して相手の顔もよく見ていない

貸したあときっとあなたは取り返す理由ばかりを寝ないで探す

液晶は色を出すのに忙しく皮下出血に気づかぬ真昼

目の前の高性能の機械から聞こえるようだ私の嗚咽

不幸中の幸いなんか当てにする家路につづく茶色い未来

プラグは全部真横からだけ差し込んでみんな私の言うことを聞いて

みとめ印まっすぐ押して離すまでひどくわずかなすき間、暗いね

列

死んでいる仰向けのまま死んでいる野生のカブト虫が轢かれて

遺伝子が破けた皮膚をはみ出して絡むことなく長さを競う

ガラス戸に叩きつけられてぺしゃんこになる雨粒を繰り返し見る

目の前を駆け抜けたのは影だった風が少しも届いてこない

最新の湯沸かしポットの実力もあと一分を待たせ切れない

日にかざし透かして読めば見えるらしい裏に隠していない文字まで

家で見た　可決に向かう一列の細い流れに割り込めもせず

失笑を買う発言の品のなさ、　であるが故に歴史に残る

背表紙に指引っかけて引っ張って剝がしてしまう日本史事典

ちょっとした抵抗

群青は色ではなくて暗さです銀のインクをこぼしてからは

階段下側面のドアをほそく開け廃棄待ち保管庫に光を入れる

書物はだいたい黒く印字されそこからさきにくすぶりだした

彼方からひかりが射して気がついたここまで届く影は君だね

沿線で続けてガラスが割れたのは秋のひかりのちょっとした抵抗

内側の人々みんなうっとりとステンドガラスの色にまみれる

あのときだ　私の影のそこだけに穴あくような光が射した

ビニールをひかりは透けて濃かったり薄かったりの色のない影

この部屋の窓から放つレーザーで空に書く文字「希望」細い字で

足元

施工前に土は運ばれ近所には見たことのない草のあれこれ

遠くから飛んできた種あかい花増えないうちに抜くお当番

知り合いでない人が無く仲良しで意見の割れる選挙はしない

トウモロコシ群れて四角い一区画こすれこすれて風吹き抜ける

この間この間ってあの時かすき間に落ちたビー玉が動く

活躍をするために来た風来坊見通し立って用済みになる

地球から故郷に戻り翌日にウルトラセブンは始末書を書く

髪の毛が赤金銀でないことを宣誓させる（民族として）

ボールペンひもで首からぶら下がり礼するたびに足元を指す

入学のしおり

ロボットは入学前にＩＤと名前・あだ名を届け出ること

ロボットは学齢標準能力の換算表を参照すること

ロボットはロボットである情報を学級内で開示すること

ロボットもクラスの中で当番と委員会にも従事すること

ロボットはよく自らの特性を理解し生徒らしくふるまえ

ロボットは帰宅後授業の内容を各自上書き保存すること

ロボットは施設保持上体育館では非接触スポーツも禁止

ロボットは進級ごとに筐体のサイズを上げて届け出ること

生徒（人）・生徒（機械）の関係を過度に意識せず留意すること

※ロボットへの体罰はこれを禁止する。教師は怪我防止に努めよ。

石膏像工房

居眠りでくたっと曲がるうなじから注ぎ込まれる冷たさと音

薄暗い石膏型に行き渡る白くどろどろしている中身

わたくしは石膏型に選ばれてとてもうれしいわ（動いたらだめ？）

石膏は徐々にかたまり重力に逆らう顔の真ん中の鼻

石膏は型からずれず固まって気を遣わずに居眠りをする

目覚めると頭がとても楽だった石膏像の型もはずれて

この顔が石膏型から現れた瞬間を見た職人さんですか？

毛穴だけなかったことにされている石膏像のなめらかな顔

用が済むと石膏型は拭われて戸棚の中にしまい込まれた

頬ぼねが横にずらっと一線に石膏像が積み込みを待つ

洗濯機

粛々と赤いボタンを押しましょう安心してただのスイッチだから

本機は精密機械を内蔵しあなたの労働を代行します

念のため言うとあなたの前にある機械はただの洗濯機です

すぐ使うときは画面の「今洗う」に触れてくださいすぐ洗います

完了の時間をセットした後は正常ならばすぐ動きません

洗剤が不適切だとこの声で「まって！」と言ってストップします

水道がないと本機は従前の使用法では洗濯できません

リモコンは付属しませんお手持ちの情報端末にて操作します

話しかけて動いたときが偶然です無視は裏切りではありません

試用期間中の返品は可能です下取り品の返送料承ります

右折ランプ

渋滞にうちの家族を巻き込んでアウトレットに行きたい車列

福袋大評判とラジオからこの渋滞の解説を聞く

アウトレットと逆の車線に高速を降りる車がみな右折する

震災の時は給油の渋滞がこんなだったと話題をそらす

ワゴン車が誘導員に招かれて入庫車線の最後につけた

左ウインカー連なる中の一台がいま右に変え入庫をやめた

行列を抜ける素振りの車見てみんなブレーキランプを点す

諦めて帰る車がスピードを上げてくるから右折できない

三度目の右折ランプが赤になり最後に曲がる車の速さ

この角の回転寿司に入るための右折の先頭だ、遂に

実家

姪は正月も部活だそうで、あの子は勉強もできるよって母は

スクリーンにはブラウン管でサザエさんを見ている弟　振り返ってピース

私より上の世代は母一人次の子どもは産まない母が

祖母二人どちらも死んだ子を連れてその後を長く長く生きたり

『火垂るの墓』は読んだことないけど読みたくないって生前父は

挟まれてもげた首とか抱いてないし私は子どもを大きくできた

役所からお知らせが来て従えば年金手帳が娘に届く

だいじょうぶ娘は二十歳になりましたあとは自分で逃げるよきっと

おじいさんはダスキンモップおばあさんはトイレのルックむかしむかし、　ね

商店街

バス停は昔のままで降りてすぐ神社があったほら、あの鳥居

記憶どおり学校裏に道はあり車両通行禁止の表示

N-BOX と人すれ違うぎりぎりの商店街だ昔から、たぶん

他所者の車は目立つ今もなお商店街を名乗る通りに

体育着上履き名札取扱い学校指定商店のたそがれ

下校中買い物してる母さんに出会ったりした乾物屋（跡）

のぞき見て懐かしさより恐ろしさ駄菓子屋だった路地の入口

友達のママたち（だった）人たちは誰も私に気づかないし、私も

テレビ修理の清水さんちのことだろう表札だけが清水のまんま

ふるさとと言うほどでない町だったラーメン屋の淑子ちゃんもいないし

東西の端のゲートも灯らない商店街の夕暮れそして雨

むかしの人

電源はどれもコードの届かない戸棚の裏に見つかりました

亡くなった人の手紙にのめりこむ閉じた時間にご飯が炊ける

才能のことを話そうここにいない架空でもないむかしの人の

やり遂げて褒められながらゆうらりと揮発してゆく業績がある

ＣＤの最後の歌の終わりごろ恥ずかしいほど盛り上がるピアノ

イーストは日本各地の工房で呼吸をやめる仕草を見せた

空き瓶が朝日の中に捨てられてポリ袋ごとひかりを透かす

「父さんはまだ小さくて戦争はあれだったんだと終わって知った」

急かされてついて行ったらタイヤだけ四つ並んで転がる真昼

中継のカメラに何度も怒鳴らないで、何であたしを指さすのあなたは

ショット缶最初ギリッとふたを開けあとはその都度くるくる回す

手を上げてそのまま連れて行かれたと隣の人も気づいてないな

自由の定義

打てば響く打てば響くよ空気だけ詰まる日本の大太鼓だもの

攻め寄せて来るはずだった海賊は睨んだだけで走ってすぎた

ファスナーが全開のまま肩ひもは床に垂れさがるカバンでもある

接触が悪いままでも我慢して人間みたいなロボットだ君は

シャーペンの中の部品に挟まって自由ってよくわからず終わったね、芯

壁紙がそこだけ薄く向こうから透ける光に貼るガムテープ

堅い表紙

止まらない流れの底で洗われて彼女ひとりが骨をのこした

火傷する前の自分がいましてな薬罐に水を満たしておった

電卓のようなボタンを指先で浅く押し込み意見を述べる

知らないで向かいの人のつま先にぶつかったのが発端だった

一点に光と熱を集めては遮るために誰かを立たす

目に見えない早くて見えない早すぎて見たことがない「彼ら」の気配

メモ帳の堅い表紙を開くとき挟み込まれた名刺が落ちる

カタカナで「フリガナ」とありカタカナでみんな小さく名前を書いた

土踏まずとても白くて柔らかい大人だって痛いんだよお

初速ゼロ

初速ゼロ卓球の球手を離れ床で弾んで手には戻らず

充分に呼吸ができるふるさとで起こる指紋のうねりの異変

遠くから聞こえたようだ呼び声に使われてない私の名前

明け方にひかり差し込み傷のある眼鏡レンズに屈するだろう

リサイクルコピー用紙は裏紙で色とりどりの経歴がある

封筒をはがして裏に折り直し、賃労働にならない作業

昼夜逆転のおかげで知った世の中に古紙値崩れて困る人々

ユニマットコーヒー飲んで窓越しに迂回をさせるお巡りを見てる

いい事はあるいい事はまだきっとある墓には使いにくい穴を掘る

体育楽しいね

駆け込んだドアの向こうがここだったのでここであなたを探すしかない

窓ガラス割れそうだけど寄っかかる割れていないし怪我もしてない

頼りない頼りないひと寄っといで寄っかかっても割れない窓に

改札に向かうあなたを車窓から見つつ追いつき追い越してゆく

牛乳パックすっと手のひらすり抜けてすり抜けきって床まで落ちる

その人は倒れたままの一晩で温みを部屋にゆっくり返す

髪の毛がたまたま黒い一団に取り囲まれて体育楽しいね

温かい空気は上るごほうびに冷えたガラスに形をもらう

目覚めると足首しびれ起き上がり立って気が付く立てないことに

彼女が泣く理由は「私」そう思う　彼女が弱いことを責めつつ

空気読む空気読まないそれぞれが判断をしてにぎわうランチ

手刀

お互いに陰口だけで戦えば減るだろうけど死ぬ人は出る

お互いに手刀だけで戦えば減るだろうけど死ぬ人は出る

行ってきます

玄関がどこか近所で開く音逃げるときも「行ってきます」と言う

日本中でお星になった子どもらがおしまいに見た燃える天井

post card

恐れ入りますが、切手をお貼りください

810-0041

福岡市中央区大名2-8-18
天神パークビル501

書肆侃侃房 行

□ご意見・ご感想などございましたらお願いします。

※書肆侃侃房のホームページやチラシ、帯などでご紹介させていただくことがあります。
不可の場合は、こちらにチェックをお願いします。→□　※実名は使用しません。

書肆侃侃房　http://www.kankanbou.com　info@kankanbou.com

■愛読者カード

このはがきを当社への通信あるいは当社発刊本のご注文にご利用ください。

□ご購入いただいた本のタイトルは？

□お買い上げ書店またはネット書店

□本書をどこでお知りになりましたか？

01書店で見て　02ネット書店で見て　03書肆侃侃房のホームページで
04著者のすすめ　05知人のすすめ　06新聞を見て（　　　　新聞）
07テレビを見て（　　　　）　08ラジオを聞いて（　　　　）
09雑誌を見て（　　　　）　10その他（　　　　）

フリガナ
お名前　　　　　　　　男・女

ご住所　〒

TEL（　　）　　　　FAX（　　）

ご職業　　　　　　　　年齢　　歳

□注文申込書

このはがきでご注文いただいた方は、**送料をサービス**させていただきます。
※本の代金のお支払いは、郵便振替用紙を同封しますので、本の到着後１週間以内にお振込みください。
銀行振込みも可能です。

本のタイトル	冊
本のタイトル	冊
本のタイトル	冊

合計冊数　　冊

ありがとうございました。ご記入いただいた情報は、ご注文本の発送に限り利用させていただきます。

煙突が倒れたときにジュッといいたくさん湯気が立つ冬の海

ボイラーを深く沈めたその海をはなれてとどくあたたかい波

ミサイルもヘリコプターも落ちながら熱くて最後「許して」と言う

スリッパが片方落ちた玄関のままのお出かけ嬉しいね、さっちゃん

寡黙な雪

ローファーの踵で蹴って傷つけるそうされている桜の根っこ

重いもの運び近づく男らに手を貸す者のいない花道

ビロードのように黒土ならし終え黄色いブルドーザーが休む

地面から静かに生える霜柱この下にもう地下室がある

平らかな眺めに薄く盛り上がり肩甲骨の散らばる浜辺

風は止んで真夜ブランコの板の上寡黙な雪が集まってきた

爪立ててすぐに離せば残らないたくさんの傷コルクボードに

桃色の指を離れて爪は伸び伸びてゆくほど汚くなるね

寄贈図書に一冊自著を紛れさせ何も告げずに司書に手渡す

たおやかに手のひら合わせその中の闇は見せずに祈る、祈って

急カーブゆるゆる曲がりふくらみも遠心力もないさようなら

入学式

ハンガーに掛けられながら揺れながら春ベランダにシャツ乾きゆく

来賓用スリッパ横に並べ終え入学式の看板を出す

式場の浅い角度に掲げられ永久に南中に至らず

タンポポは敷きつめられるように咲き丈の短きまま、刈られき

夕暮れを掬いとろうと伸ばされて浅い流れに浸される指

樹脂製のメガネレンズに寿命きてどの写真にも写り込む筋

緩やかに曲がる流れの両岸にもう終わりそうな今年の桜

傾ける

それ褒める言葉でしたか？　前に居た町とはちがう抑揚でした
「私だけ助かりたいと思いそう」とみんなに言わせ安心しそう

実弾は触れたことなし手のひらに鉛の活字何回も圧す

壁紙の裏に気泡が紛れ込みむかしむかしのにおいを残す

最初から間違っていた最初から卵は暗い中から割れる

奥行きを確かめようと暗闇に手を突っ込んで突き指をする

押し入れの奥のベニヤに仕切られた遙かに遠い父母《ちちはは》の部屋

砂消しを指で曲げたら折れちゃって指紋の中でざらざら光る

釣り銭を数えて積んで総額がぴったりだったから傾ける

翁長さん

採決の直前どちらが多数派か議長は知ったまばたきの数で

正義だから多数か多数だと正義かって考え中で取りあえず立ったろ？

列島の継子のように屋根裏に隠され家ごと売られんとする

生きて立つさいご鋭き音たてててひび割れし幹樹液をこぼす

白鳥の大きな羽が開くときその影のしたようやく休め

あれは偽物

「戦争は儲かるらしい爺さんの世代が変にしくじっただけさ」

カタカナがひらがなよりもよくわかる昔々の被征服者

太陽のあるところだけ雲は切れ、　いいえよく見てあれは偽物

真ん中で真っ赤に放射しつづけたむかしの祖国、　っぽいサイレンだ

シュレッダー周辺に散る細かくてきれいな色と無愛想《ぶあいそ》な色

「安らかに眠ってくれてさえいれば、平和の意味に口出しせずに」

生徒手帳はどの憲法が載ってるか確認するまで買わずともよし

それぞれの餌をめざして一斉に平和の鳩の群が飛び立つ

ゴジラ

壁際でザラリと揺れる音がしてキーボックスの次は茶簞笥

「あん時の揺れは、」と言って気が付いて「震源からは遠かったけど、」

土砂降りの後の地震は来るものをゴジラのときはゴジラだけ来る

靴下ワゴン

アコーディオン抱いた姿で立ち止まりちんどん屋からはぐれるピエロ

集まった人はあなたの教え子で私のことは誰も知らない

いっぱいに指を開いて手のひらのあらゆる皺にあらがう儀式

竹ぼうき肩に担いで集まって公孫樹落ち葉を静かに浴びる

店じまいセール賑わい文化祭フリマのような靴下ワゴン

爪先

稲妻は遠く静かに寝室の奥のタンスを何度も照らす

聞かれても答え出ませんすいません余白が意味ですいませんです

そこからは急に爪先つっかえて奥行き狭い階段になる

束にした紙スティックの端を切るグラニュー糖が真下に落ちる

逆さまに歯磨きチューブ立たされて空気ばかりに満たされる夜

抽斗の奥の暗さに伏せられた写真のなかに並ぶ一族

棚板がこんなに撓む本棚に手首を載せたことも忘れる

目薬の容器に浮かぶ気泡すら集めただけで一つにできず

ブロッコリ切り分けるたびぽろぽろと花咲く前の蕾を零す

それがみな我らの負けを示すときカラスがとまる図書館の屋根

便所サンダル

直角に曲がってたとさ「骨組み」はきっと人には使わぬ言葉

まず肩の力を抜いて真っ直ぐに手前に引いた修正テープ

「助かったためしがない」と読んだあと栞を挟み書架にもどした

さっきまで隔絶されて暗かった守られていた缶詰蜜柑

違う違うだから違うと駆け寄ってあなたの口を拳でふさぐ

引き出しを元気に開けて大切な何か一枚破ってしまう

爪先がするりすべって突っかかり凄くはみ出す便所サンダル

痛かった？　痛くないよね？　時間差でいつ聞こえたか分からない「うん」

すき間なく日も当たらずに絡み合う芝生の茎と緑の葉っぱ

メガソーラールーフ直下に格安の電気が照らす避難所がある

ペンダントライトは揺れて影揺れてそれでも家族で食べている食卓

ハンガーに部屋干しされたワイシャツが扇風機ごときの言いなりになる

ぱふん

雨上がりのしっとり濡れた電線を目がけておりる雀、怖い？

石灰のラインぱふんとローファーで踏んだその先つづく足あと

消火器は柱の陰に身を潜め火がつくまでを見届けました

凸凹で表面積が広すぎて張り子の虎にもしてやれないの

空席の不思議議を誰も口にせず深く差し込む朝日をあびる

お急ぎのところ大変ご迷惑おかけしたまま逃げ切るおとこ

桟橋で手を振る子どもかわいいいね大人がみんな船に乗ったね

太陽が沈みそうだね平行にみな横たわる黒い影だね

あたし目を閉じたままだと思ってたそれでなければ部屋暗いとか

耳たぶのくぼみに影をためながら見つけられたい行方不明者

全身を鏡の裏にかくすとき表にうつる非常階段

室外機ずらり並んだ裏通りにバイト募集の貼り紙ばかり

のぞき込むことができても見たくない圧力鍋の中の鶏肉

速記止めてください

前線がびろんびろんに伸びてゆき風ふくたびに形が変わる

判断をどこでするのか分からない「おくる」「もどる」のボタンもないし

当たったら死ぬと分かった大きさの弾が今度はこっちに向かう

テーブルの脚の間に入らないゆったり過ぎる座椅子だったね

かけがえのないあなたから私へと現金は来てすぐ余所にゆく

いくつかの心当たりの印鑑の一つが当たり口座を閉じる

スタッフは地域通貨のデザインに「見本」の判をつぎつぎと押す

この文字は何語でしょうか私には心が読める日本語ならば

見たことはなければど「速記止めてください」の改行の下の空白

良い子は・・・

日の差さぬ三角形の公園をケージのようなフェンスが囲む

裏紙を透かして見れば反転の文字が連なる校歌の言葉

頭から滑り降りたら危ないよ良い子だけでもまねしないでね
湿らせた黒っぽい砂掘りかえす埋めて隠したはずのビー玉
良い子は字が読めなくてもブランコは錆び臭いから乗ったりしない

飛び立てる飛び立てるって言われつつ部屋を出される少年少女

そうだな？

「ご尽力感謝いたします」「要請します」ますますますＦＡＸきます

行き過ぎた男女平等行き過ぎた戦争放棄いくらでも行き過ぎろ

厳密に指示を守れば守れない訳持つ人に取り囲まれる

「当てはまりますよね私、該当者ですよね私、彼と違って」

白っぽいマスクで顔の半分をとりわけ下の半分をかくす

ない物はない物だからまだあった頃の記憶も消されてしまう

命令の前に自主的にする自主性は幼稚園から配点が高い

図書室に本の背表紙ひしめいてみなそれぞれに平行を守る

指示はなく命令はなく返事せず「おまえが始めたことだ。そうだな？」

権力の意を酌んだんだろう囚われのジャーナリストを庇わぬ投書

弁明はシナリオにある独り言ＢＣ級ひそやかに消されて

そのサンダルは赤だよ

ふれあいを寸止めされたその日から破れ始めた傷口の縁

ラップ越しベージュマスクの横顔が一つ一つの値段を告げる

「いつから、いつからなの」ってスーパーに行った記憶を責め合う姉妹

モニターに外の光が反射してＺＯＯＭ会議に細目の私

そのときはだめな奴だと思ったという話だが泣かせる弔辞

御神輿が商店街の中程であまり上下に揺れなくなった

締め切りが明日の理由がまず消えてやがて締め切り自体が消えた

街路樹が根こそぎ倒れバス停は二、三人来て起こしていった

六月はまだこれからで冠水のアンダーパスにサンダルが浮かぶ

映像の世紀

微笑みのままにカメラと距離を取る武装解除のおわった兵士

じいさんが話してくれた戦争に武器の話はその重さだけ

フイルムのこすれた傷は糸のよう少女の肩をなぞって消える

映像のコマが飛ぶたび天皇はとても鋭い手刀をきる

甲高い声で字幕とたがわずに一部はしょって語りたまえり

モノクロでカタカタ歩く芸人が石蹴りそこねくるりと回る

ぴろりんぴろりん横書きテロップ眼鏡探してたら消えちゃった

改元特番

一九四七年五月三日

継宮明仁立太子五年前継ぐべきものが象徴となる

将来の進路は「象徴」

浩宮様は柏原芳恵ファン昭和の彼は様付けの「浩宮」

「みなさーん、お元気ですか」は陽水のこころの声、国中に響く

皇太子夫妻の車御見舞いの御所参内につき半蔵門のお通り

「…であります。」と天地確かめ持ち上げて臣小渕「平成」の額を立てき

国民の一人であった皇后の戸籍を消した区役所の国民

女帝論議は立ち消え。

愛子内親王継承権なし一人子として皇籍を離るべし

皇后雅子血縁に皇族なし愛子皇籍離脱のあかつき

正午ですと言って時報のないままにやがてラジコの流す玉音

上皇明仁諡号平成天皇となるまで御所を夫婦で歩く

国事行為

新帝に感謝をむけてもらうため中継前からならぶ人々

衣擦れは決まった位置に次々と静まりもはや、開式の頃合い

男系女子男系男子で未成年参列はせず撮影もされず

別に隠したわけではなく、そういう決まり

象徴の根拠は男の体にしか宿らぬという不完全さです

例えば元正、例えば孝謙

内親王の婚無き即位それ以上は前例のない不完全さです

天智・天武は両親とも天皇　ただし母はついで

帝には常半分は帝の血、ときには全部これは良いらしい

女帝から伸びる枝なく息子すら別の枝から始まる系図

皇統に属さぬ男の血が混じることを忌むらしく忌むべきは男か

高御座ようやく開く　最初からおられたのですよ、御観覧のみなさま

やりにくいんだろうなあ、実際・・・
憲法の根拠のもとに自らを神の子孫に模してふるまう

万歳が敷居を踏んでなされても宰相の瑕疵のうちに入らず

宰相を咎めぬ政治不干渉板張りの式場に咳払いなし

天皇は式場を出て直角に右に曲がってたちどまる　しばし

これ以上進まないうちに

割り注に「一書に曰く、また曰く、」令和二年の謎の前半

久米宏最終回のすぐあとのラジオＣＭがおんなじでした

革命が終わったあとの駅前で長いレシート拾い集める

一瞬で私の顔と判断し在宅勤務を指示してくれる

私の視界の端をゆがませる眼鏡の弦の緩んだ角度

でこぼこのある世の中に戻りたい近視がこれ以上進まないうちに

マンションの窓からみんな手を振って聞いていますよミュートしながら

きれいと思えないけれど
千人だって今日も千人新しく同じ病気にかかる人たち
人々は赤い風船持ったまま顔の高さでつぎつぎと割る

鑑定を頼んだとたん手袋をした人たちが持ち去る手紙

藤の花あんないっぱい吊されてその下を行く人流でした

名誉ある地位を占めたいと思う。

それほどにオリンピックは素晴らしく「われら」の地位はその次だった

踏み出した先に地面がないことと、自由だとしかいえない速さ

応援をされてる中で撤退はできないらしいが、してないよ別に

土砂降りが車体をたたく音の上消防車救急車パトカー過ぎる

押し花の色をきれいと思えないけどありがとう大事にするね

あとがきに代えて

本歌集を作るに当たり、書肆侃侃房の田島安江さんと話をする機会をいただいた。文学や社会について、生身の人間と真面目に話すのが久しぶりだったこともあり、ゲラを挟んでとりとめもなく思うところを話し続け、きっと呆れられたことだろう。しかし、商業出版にふさわしいと言いきれない私の歌をユニヴェールで出版してもらうためには、どうしてもそうしなくてはならないと思っていた。

田島さん、その節は大変失礼致しました。

＊　＊　＊

「コロナ禍」という言葉が市民権を得た。私たちはどうなってしまうのだろう？

震災の時にも同じことを思ったが、計画停電が一段落してから私の生活の中では心配の優先順位がだいぶん下がってしまっていた。リアルタイムで被害を受け続けている地域や人々の存在は承知の上なのに、誠に申し訳のないことだ。罰が当たったような気持ちである。

今、私たちは圧倒的非対称性の中でウイルスと対峙している。これはこちらから仕掛けた戦いとは違うし、戦争のように講和の相手がある戦いでもない。報道や専門家の話を聞いても何が正しいのか分からない。ただ、社会の維持のためとはいえ、いたずらに戦線を伸ばすことが間違いであることは分かる。にもかかわらず戦線は伸び続けている、立憲主義下の国民の名において。

話を変える。

ここ何年かで私が尊敬している人がたくさん死んでしまった。永六輔氏と大橋巨泉氏は第五歌集の追い込み中だった。令和になって緒方貞子氏、ついには岡井隆氏までもが歴史上の人物になってしまった。私の世代はどんどん年長者として押し上げられ、「どうしたらよいのでしょう」と聞ける相手はいなくなり、いつのまにかそれを聞かれる長老に祭り上げられてしまうのだ。ああ、どうしたらよいのでしょう？

ところで、彼らは日本を一度滅ぼした戦争を始めた世代ではない。いま挙げた中で最も早く生まれた緒方貞子氏は、終戦時ですら成人していなかった。敗戦後、食糧難と価値観の反転に直面し、彼らはきっと大人に対して思っただろう。

「なぜ戦争を認めたの？」

私も最近までそれを聞く方にいた。

「なぜ戦争を認めたの？」

しかし父は開戦時は幼児であり、私の成人後しばらく生きた祖父にとって最初の選挙は一九四二年の翼賛選挙であった。私が列挙した物故人同様、子どもだった父も若かった祖父もこう思っていたに違いない

「なぜ戦争を認めたの？」

さらに話が変わる。

先日、宮内庁長官がつぎのように発言した。

「天皇陛下は新型コロナウイルス感染症の感染状況を大変ご心配されておられます」

「国民の間に不安の声がある中で、ご自身が名誉総裁をお務めになるオリンピック・パラリンピックの開催が感染拡大に繋がらないか、ご懸念されている、心配であると拝察いたします」

だからどうせよ・・・、とは立憲主義下の天皇は言わない。そもそもこれは天皇の発言ではない。

宮内庁長官がこう「拝察」したという宮内庁長官による発言だ。言動が政治的と「拝察」された段階で天皇は主語にならない。

しかし影響力はあった。まことに残念ながら影響力があったのである。立憲主義下の国民に許されて天皇に許されない影響力の行使が国民の「拝察」と言う形で行われた。現行憲法下にいる「われら」は本当に主権者なのか？　これじゃ終戦の詔と同じじゃないか。

「なぜ戦争を認めたの？」

思えば私はこの質問をなんと無遠慮に身近な多くの人にしただろう。彼らを責めても仕方ないのに。しかし次の質問は事情が違う。

「なぜオリンピックを認めるの？」

私は立憲主義下の主権者であり参政権も持っており、この質問をぶつける相手を持たず、すでにぶつけられる側である。

今日は七月六日。東京オリンピックまで二週間を切っており、地元を聖火ランナーが通過する。

「なぜオリンピックを認めるの？」「なぜオリンピックを認めたの？」

この息が苦しくなるような質問に、私はこの先長く答えることになるのだろうか？

二〇二一年七月六日　佐藤理江

■著者略歴
佐藤理江（さとう・りえ）

1967年　東京生まれ
2002年　第１歌集『虹の片脚』
2003年　未来入会
2005年　第２歌集『箱船』
2008年　第３歌集『避雷針の先端の銀』
2012年　未来賞受賞
　　　　第４歌集『西日が穏やかですね』
2017年　第５歌集『あったこともない人々』
　　　　埼玉県歌人会理事

E-mail：rie31moji@gmail.com
Twitter：@okiraku31moji

「ユニヴェール」ホームページ　http://www.shintanka.com/univers

ユニヴェール16
最初ギリッとふたを開け
二〇二一年十月二十日　第一刷発行

著　者　佐藤理江
発行者　田島安江
発行所　株式会社　書肆侃侃房（しょしかんかんぼう）
〒八一〇・〇〇四一
福岡市中央区大名二・八・十八・五〇一
TEL：〇九二・七三五・二八〇二
FAX：〇九二・七三五・二七九二
http://www.kankanbou.com　info@kankanbou.com

装画　前川侑子
装丁・DTP　BEING
印刷・製本　亜細亜印刷株式会社

ISBN978-4-86385-492-5　C0092